KB215533

명령

명령

이경혜

그해 오월,

푸르른 신록 속에 스러져 간 어린 넋들에게

차례

*

 오늘이 마지막 수학 시간이구나.
 너희들도 졸업을 하지만 나도 이 수업을 마지막으로 학교를 떠난다. 그러니 오늘 수업은 내가 교사로서 하는 마지막 수업이 될 거다.

 아, 아, 조용히! 조용히!

 수학에 대해 질문하라면 맨날 입만 꾹 다물고 있더니 내가 학교를 왜 그만두는지는 조금 궁금하냐? 하하.

안 그래도 오늘은 그 얘기를 들려주는 걸로 수업을 대신하려고 한다.

너희에겐 중학교의 마지막 수학 시간이고, 내게는 수학 교사로 하는 마지막 수업이니 오늘은 너희도 다른 수업 때와는 다르겠지?

이제 얘기를 시작해 보겠다.

자, 수학책은 덮고 이 책을 주목하도록!

그래, 아주 낡은 책이지?

내가 바로 너희들만 할 때 보던 책이거든. 몇 십 년이나 된 거지. 이제는 낡다 못해 너덜너덜하구나.

뭐라고? 무슨 책이냐고?

  아니, 내일 모레면 중학교를 졸업하는 판에 이 정도 한자도 못 읽는단 말이야? 내 참, 아무리 수학 시간이라지만 이런 기초 한자도 못 읽는다니 부끄럽지도 않냐?
  설마 반장도 못 읽는 건 아니겠지? 반장, 일어나서 읽어 봐라.

  그래, 필. 승. 중. 학. 수. 학! 잘 읽었다.

  간신히 반장이 체면을 세워 줬구나. 다행이다. 내가 다 조마조마했네, 하하.
  보다시피 이 책은 수학 참고서야.

조용히! 조용히!

도대체 너희들은 잠시도 입을 못 다무냐?

이 책이 수학책이긴 하지만 이 책으로 수업할 건 아니니 걱정은 말아라.

내가 이 낡아 빠진 수학책을 들고 온 건 이 책에 사연이 있기 때문이야.

오늘 수업은 이 책에 대한 사연을 들려주는 것부터 시작하겠다.

얘기를 시작하기 전에 한 가지만 부탁하마.

오늘 수업은 내 20년 교직 생활의 마지막 수업이다. 내 수업은 따분하기로 유명하다는 거, 나도 잘 안다. 내 별명이 '수면

제'라는 것도.

　그래도 오늘만은 너희들이 내 얘기에 조용히 귀 기울여 주기를 부탁한다. 어렵겠지만 말이야.

사실 마지막 수업을 한다고 생각하니 마음이 좀 싱숭생숭하더라.

너희들을 잠의 나라로만 몰면서 지겹게 쑤셔 넣던 수학이 아니라 뭔가 다른 게 없을까 생각했지. 무언가 더 의미 있는 수업을 할 수 없을까 고민한 거야.

나야 물론 수학이 이 세상에서 가장 위대한 학문이라고 생각하는 사람이지만 너희 중에 그 생각에 동의하는 사람은 하나도 없을 테니 말이야. 그래서 지겨운 수학이 아닌, 너희도 관심을 가지고 들을 수 있는, 너희 마음에 남는 재미있는 얘기가 어떤 걸까 생각했지.

그래도 수학 선생이니 수학과 관련된 얘기를 하려고 했어. 역사적으로 흥미있

는 수학에 대한 에피소드나 괴팍한 천재
들이 넘쳐나는 수학자들의 괴상한 일화
들을 얘기해 주려고 했지. 그런 얘기라
면 너희들도 졸지 않고 듣지 않을까 생각
한 거야.

그런데 너희 얼굴을 떠올리니 너희랑
비슷한 다른 얼굴 하나가 자꾸 떠오르더
라.

그 얼굴이 나를 계속 졸라 대더라고. 자
기 얘기를 해 달라고 말이야.

그게 누구냐고?

그래, 바로 박기훈이란 아이다.
내가 딱 너희만 했을 때, 나와 가장 친하게 지냈던 친구였어. 늘 껌딱지처럼 붙어다니던 단짝 친구였지. 그러나 이제는 내친구일 수 없는 녀석이야.

뭐라고? 배신했냐고? 하하하, 그래, 배
신한 게 맞다.

그 친구가 의도한 건 아니었지만 나를
내버려두고 혼자만 저세상으로 가 버렸
으니 친구에 대해 배신을 때린 건 맞구
나. 중학교 때까진 나와 동갑인 절친한
친구였지만 이젠 나이 차이가 너무 나 버
려 아직도 친구라곤 도저히 말할 수 없는
녀석이니까.
그 친구는 열여섯, 바로 너희 나이에 목
숨을 잃어서 영원히 열여섯으로 남고 말
았다.
지금 우리가 만난다면 그 녀석은 나를
늙은 꼰대로나 여기겠지.
자기 얘기를 해 달라고 그렇게 나를 졸

라 댄 것만 보아도 그 녀석은 이제 나랑
은 놀기 싫어진 게 분명하다. 아니, 한참
전에 그렇게 되었겠지. 이제는 어린 너희
들, 자기와 또래인 너희들과 친구가 되고
싶은 모양이야. 나보다야 너희들과 훨씬
잘 통할 테니까. 혼자 오랫동안 너무 외
롭기도 했을 테고.

수학하고 아주 상관이 없는 얘기도 아니다. 왜냐하면 그 녀석, 박기훈의 얘기는 내가 수학 선생이 된 사연이기도 하니까.

　그런데 나는 국어 선생도 아니고, 역사 선생도 아니어서 이런 얘기 하는 게 좀 쑥스럽기도 하고, 조리 있게 말하지 못할까 봐 겁도 나고 그렇다. 긴 이야기를 빼먹지 않고 할 자신도 없어서 요점을 따로 PPT로 정리해 왔지. 이러니까 꼭 공부하는 기분이 들지 모르지만 어쩔 수 없어서 말이야. 화면을 하나씩 띄우면서 얘기를 해 보려고 한다.

내가 수학 말고 다른 얘기는 잘 못한다
는 걸 감안해서 이렇게밖에 얘기할 수 없
는 나를 이해해 주기 바란다.

다시 한번 부탁한다.

오늘만은 온몸이 뒤틀려도, 오금이 저
려도 절대 떠들지 말고 내 얘기를 조용히
들어주기 바란다. 나를 위해서가 아니라,
내 친구였던, 그리고 지금은 너희들의 친
구가 되고 싶어 하는 그 녀석, 기훈이를
위해서 말이야.

살아 있는 사람들이라면 그 정도는 해야겠지?

죽은 사람들 앞에선 조용히 귀라도 기울여야 하는 게 최소한의 도리가 아닐까?

우리에겐 그들한테는 없는 목숨이 붙어 있으니까.

자, 그럼 이야기를 시작하겠다. 다들 화면을 보도록.

옛날 옛날 빛고을이라는 저 남쪽 도시에 기훈이란 아이가 살고 있었다.

그 아이는 중3이었지만 막내인 데다 성장도 늦되어서 어린아이 같았고,

어머니를 몹시 따랐다.

어머니 역시 늦둥이로 얻은 기훈이를 눈에라도 넣을 듯 귀여워하였다.

친구 이야기를 한다더니 웬 옛날이야기냐고 할지 모르지만 1980년, 올해가 2011년이니 겨우 30여 년 전 일인데도 내겐 그때가 오랜 옛날로만 느껴지거든.

그때 일어난 일이 지금까지도 잘 믿어지지 않는 탓이다.

하긴 너희들은 태어나지도 않았을 때이

니 옛날이라면 옛날이겠지?

아마도 너희 부모님들이 지금 너희만 할 때였을걸.

나와 기훈이는 한동네에서 자라 어릴 때부터 친한 사이였다.

중3이 되면서 같은 반까지 되어 더욱 친해졌다. 정말로 둘도 없는 사이였지.

맨날 싸우기도 했지만 언제나 붙어 다니는 단짝 중의 단짝이었다.

기훈이가 키 순서로 3번, 내가 6번이어서 실제로 짝은 아니었지만 내 자리가 바로 기훈이 뒷자리여서 우리는 하루 종일 붙어 있는 셈이었지. 내가 조금 더 컸지만 도토리 키재기였고. 우리는 그렇게 아직 덜 자란 어린애인 데다 둘 다 막내여서 아주 잘 통했다.

너희도 그렇지만 지금 나이면 뒷자리에 앉은 아이들은 벌써 청년처럼 의젓하고 어른스럽지 않냐? 그런데 우리는 스스로 보기에도 한심할 만큼 애송이였거든. 키 크고 성숙한 뒤쪽 친구들이 얼마나 부러웠는지 모른다.

기훈이네 놀러갈 때면 기훈이 어머니가 "우리 아가들, 이거 좀 묵어라." 하면서 이것저것 끝없이 먹을 것을 챙겨 주시곤 했지. 나도 우리 집에선 막내였지만 기훈이 어머니는 유독 기훈이를 아기처럼 대하며 귀하게 챙겨 주셨어. 우리 어머니보다 훨씬 나이가 많은 기훈이 어머니에게 기훈이는 늦게 얻은 귀한 막내아들이라

더 그러셨을 거야.

우리 형이나 누나는 겨우 몇 살 위인데 기훈이 형이나 누나는 열 살이 넘게 위였으니 거의 손자 같은 아들이었거든.

그런 것만 빼면 모든 게 비슷했던 우리는 쌍둥이처럼 붙어 다녔다. 하도 붙어 다니니 얼굴까지 비슷해져서 사람들이 쌍둥이냐고 물을 정도였지.

같이 공부를 하고, 같이 자전거를 타고, 같이 음악을 듣고, 같이 영화를 보며 놀았어.

이소룡과 '비틀즈'의 광팬인 것도 우리의 공통점이었다.

아, 너희는 잘 모르나?

'비틀즈'는 아는데 이소룡은 모른다고?

그럴 수도 있겠구나. '비틀즈'야 워낙 전
설 같은 그룹이지. 외국 그룹인 데다 알
고 보니 그때는 이미 그룹이 해체된 뒤였
는데도, 우리는 그런 것도 모르고 좋아했
어. 워낙 세계적인 그룹이었으니까. 지금
너희에게 인기 있는 걸로 치면 '빅뱅'이나
'소녀시대' 같다고나 할까? 모르긴 몰라
도 그보다 훨씬 인기가 있었을 거다.
　이소룡도 당시에는 모든 남학생들의 마
음을 사로잡았던 홍콩의 무술 배우였고.
둘 다 우리나라만이 아니라 전 세계적으
로 최고의 인기 스타들이었지.
　기훈이는 언제나 '비틀즈'의 히트곡인
'렛 잇 비(Let it be)'를 흥얼거렸고, 나는

'예스터데이(Yesterday)'를 좋아했어. 기훈이는 이소룡을 흉내 내서 쌍절곤을 가지고 놀았고, 나는 "아뵤~" 하는 이소룡의 기합 소리를 따라 하며 동작을 해 보곤 했지.

한 가지 작은 차이가 있긴 했어.
기훈이는 나와 달리 우등생이었지.

뭐라고? 엄청 큰 차이라고?

하하, 중학교 때 성적 차이가 좀 나는 게 무슨 큰 차이냐?
그때 우리 학교에서는 우등생들한테 금배지를 주었는데 기훈이 교복 위에는 3년 내내 그 금배지가 반짝였고, 나는 한 번도 그 배지를 받은 적이 없었어. 겨우 손톱만한 금배지 하나 차이였지, 하하.

  나는 비록 그때 반에서 중간도 못 했지만 그까짓 건 정말로 큰 차이가 아니었어. 그 금배지가 부러웠던 적도 없었고.

  뭐? 거짓말이라고? 내가 너희인 줄 아냐? 정말이다. 그때나 저때나 범생이는 좀 그렇지 않냐? 사실 기훈이가 범생이는 아니었지만 공부 잘하면 우린 무조건 범생이로 보기도 했고, 그때 가장 멋있어 보인 건 싸움 잘하는 애들이었으니까, 하하.

  그런데 공부하는 태도가 좀 다르긴 하

더라.

  우린 매일 같이 어울려 다니고 시험공
부도 같이 했지만 내가 공부가 지겨워 설
렁설렁 엉터리로 했다면 기훈이는 수업
시간에도 눈을 반짝이며 잘 들었고, 시
험공부를 할 때도 진득하게 앉아서 잘하
는 거야. 나는 나랑 맨날 쏘다니며 똑같
이 놀던 기훈이가 공부할 때면 싹 달라지
는 게 좀 화가 나기도 했어. 게다가 기훈
이는 수학을 아주 좋아했고, 참 잘했거든.
우리 반 친구들 중에 수학을 좋아하는 애
는 기훈이뿐이었어.

  나? 나야 그때만 해도 수학이라면 몸서
리를 치는 학생이었지.

그래서 수학을 좋아하는 기훈이를 볼 때면 정말로 배신감이 들기도 했어. 친구끼린 좋아하는 것도 비슷해야 하지 않냐? 적어도 내가 끔찍하게 싫어하는 걸 좋아하는 건 좀 기분이 나쁜 법이지.

사실은 그런 기훈이를 보면서 샘이 났던 것 같다. 기훈이가 달라 보였으니까.

금배지 달았다고 달라 보이진 않았는데 공부를 정말 좋아하고, 특히나 수학을 잘하는 건 솔직히 배가 아팠거든.

아, 중3이 되면서 기훈이가 안경을 끼게 된 것도 다른 점이긴 했지.

안경을 끼니 기훈이는 한눈에도 공부 잘하는 수재처럼 보였는데, 뭔가 좀 폼이 나더라고. 그래서 나는 또 샘이 나서 엄마한테 안경 해 달라고 막 졸라 댔다가 멀쩡한 눈에 무슨 안경을 끼냐며 혼만 났던 기억도 나는구나.

안경 하나로 더 이상 쌍둥이 소리는 안 듣게 되었지만 그래도 우리는 여전히 친했어. 기훈이는 나와 놀 때만은 하나도 달라지지 않았으니까.

우리는 하루만 안 만나면 할 말이 산더미같이 쌓이는 친구였고, 아침이면 친구를 보러 갈 생각에 학교 가는 발걸음이 가벼워지는 그런 사이였지.

기훈이 얘기가 길어졌구나. 이젠 조금 속도를 내서 얘기하마.

빛고을은 우리가 살던 도시의 이름이었다.

빛 광(光)자, 고을 주(州)자, 우리 선조의 예지력이 얼마나 뛰어났는지

그 이름은 정확하게 자신을 증명했다. 총구에서 쏟아져 나오는 빛이 그 고을을 피로 물들였고,

그 고을에서 쏟아져 나온 분노와 고통의 빛이 결국 이 나라의 역사를 바꾸었다.

'5.18광주민주화운동'은 너희들도 잘 알고 있지?

그래, 교과서에도 나오고, 영화로도 만들어졌으니까.

알기는 하겠지만 나한테 6.25가 조선시

대 일처럼 아득하듯이 '5.18' 역시 너희들
에게는 지극히 먼 옛날 일로만 여겨질 거
다.

　그런데 저 엄청난 일을 나와 기훈이는
너희만 할 때 겪었단 말이야.

　우리는 바로 그 광주에서 살고 있었으
니까.

1980년 5월, 여느 해와 똑같이 꽃이 피고, 새가 우는 평화로운 5월이 시작되었다.

마침 그때 기훈이 누나가 아기를 낳아서 기훈이 어머니는 딸을 돌봐 주러 대전에 가 계셨다.

어머니가 얼른 오시지 않자 엄마바라기였던 기훈이는 불만이 대단했다.

기훈이는 어머니한테 전화를 걸어 빨리 집에 오라고 내내 보챘다.

수학여행 날짜가 다가오자 여행 준비 해야 한다면서 또 어머니를 졸라 댔다.

결국 어머니는 수학여행 전날인 5월 16일에 집으로 돌아오셨다.

그날 낮에 기훈이네 놀러 갔더니 녀석은 "오늘 우리 엄니 온당께!" 하면서 얼굴까지 발그레해진 채 들떠 있었지.

나는 "사내자식이 맨날 엄니만 찾고 안 부끄럽다냐?" 하며 놀렸지만 기분이 좋아진 기훈이는 다른 때와 달리 화도 내지 않더라고.

수학여행은 핑계였지. 기훈이는 정말로 엄마가 무척이나 보고 싶었던 거야.

그날 저녁, 기훈이 어머니는 떨어지지 않으려는 늦둥이 막내아들을 품고 함께 잠들었지.

그 밤이 어머니와 마지막으로 자는 밤이라는 걸 기훈이는 알았던 걸까?

그래서 그렇게 악착같이 어머니를 졸라 댄 걸까?

기훈이가 그렇게 졸라 대서 어머니가 오지 않으셨다면 어머니는 얼마나 한이 맺히셨을까?

그날 하루라도 어머니가 막내아들을 품에 안고 주무실 수 있었다는 게 나중에 돌아보니 얼마나 다행스러운 일인지 몰랐다.

그건 기훈이가 어머니한테 해 드린 마지막 효도였다.

다음 날인 5월 17일 아침,

우리들은 그저 들뜨고 신나서 수학여행을 떠났다.

다음 날이면 그곳에 어떤 끔찍한 일이 일어날지
꿈에도 짐작 못 한 채.

어머니 역시 그것이 아들을 마지막으로 보는 것인
줄도 모른 채

아들이 수학여행 간 새 얼른 다녀오려고 이번에는
병원에 입원한 기훈이 이모를 보러 부산으로
떠나셨다.

3박 4일의 수학여행이었어.

뒷자리의 친구들은 모여 앉아 몰래 술도 마시고, 선생님을 골탕 먹이는 장난도 쳤지. 하지만 우리는 집을 떠나 밖에서 잔다는 데 너무 흥분해서 서로 사진을 찍어 주고, 장난치고 떠들어 대느라 바쁠 따름이었다. 빠듯한 용돈으로 집에 뭘 사가나 고민도 하면서 말이야.

기훈이는 알뜰히 모아 온 용돈으로 어머니와 아버지, 누나와 형들, 그리고 새로 태어난 조카에게 줄 것까지 바리바리 선물을 사더라고. 기껏 기념품이나 한두 개 사는 남자 중학생들 사이에서 기훈이 같은 아이는 하나도 없었지.

나는 그 모습이 하도 어이가 없어서,

"워메, 뭔 가게라도 차릴라 하는 것이

여?" 하고 놀려 댔는데 기훈이는 자기가
생각해도 웃긴지 머쓱해하며 히죽 웃기
만 하더라고.

대통령이 죽은 뒤 새로 권력을 잡은 신군부는

우리가 수학여행을 떠난 날인 5월 17일 자정을 기해

계엄령을 전국으로 확대했다.

다음 날인 5월 18일부터 빛고을에는 전쟁보다 더한 난리가 일어났다.

평화로운 비폭력 시위에 대해 계엄군이 투입되어

진혹한 학살로 무자비하게 진압하기 시작했다.

우리나라 국군이 같은 나라 국민인 빛고을 사람들을 때리고 죽이는,

있을 수 없는 일이 일어난 것이다.

그때는 18년이나 이 나라를 통치하던 독재자 박정희가 부하한테 총을 맞고 죽는 바람에 그동안 억눌렸던 국민들이 모두 들고 일어섰을 때였다. 대통령의 서거로 제주도를 제외한 전국에 계엄령이 내려져 있었지만 다시 그런 놈들한테 나라를 빼앗기면 안 되기 때문에 온 국민이 일어나 열심히 민주화를 외쳤거든. 국민들은 이제 독재에서 벗어나 민주화를 이룰 수 있을 거란 희망을 가지고 싸워 나갔지.

그런 와중에 쓰러진 독재자의 자리를 차지하려는 싸움이 군인들 사이에서 일어났고, 권력을 잡은 군인들이 생긴 거야. 전두환을 중심으로 한 그들 무리를 '신군부'라고 불렀지.

신군부는 계속 틈을 노리다가 잠시 시위가 주춤해진 사이에 계엄령 전국 확대를 하며 노골적으로 정체를 드러냈어. 그들은 민주 인사들과 학생들을 마구 잡아 가두며 민주화의 싹을 짓밟았지.

그럼에도 광주에선 시위가 일어났다. 계엄 확대에 반대하는 평화로운 시위였지. 그런 시위를 계엄군은 총칼로 잔인하게 진압했고, 시민들을 폭도로 몰며 학살을 시작한 거야. 누가 봐도 과도한 진압이었다.

그때 그들에겐 민주화를 외치는 국민들의 입을 틀어막을 명분이 필요했지. 한마디로 희생양이 필요했고, 그 희생양으로 선택된 것이 빛고을 시민들이 아니었을까, 나는 그렇게 생각한다.

계엄 확대에 반대하는 평화로운 시위에 대해 계엄군은 총칼로 진압을 했고, 그들을 폭도로 몰았다. 빛고을 사람들이 지도자로 믿고 따르던 정치가가 그 군인들에게 눈엣가시였던 점도 작용했을 거고.

사람들은 자신의 눈을 믿을 수 없었다.

어제까지 나라를 지켜 준다 믿었던 제 나라의 군인들이

적군을 진압하듯 시민들을 공격하는 모습은 도무지 믿어지지 않았다.

진압봉과 대검으로 개 패듯 패고, 무 찌르듯 찔러 대니 사람들이 죽어 나가기 시작했다.

신문과 TV에서는 빛고을에 간첩이 침투해 폭도들이 난리를 일으켰다는 방송만 연일 나왔다.

빛고을 사람들은 거짓말만 나오는 방송에 분노가 치밀어 방송국에 불을 질렀다.

바로 그날이 5월 20일, 우리가 수학여행에서 돌아온 날이었다.

노심초사 우리를 기다리던 어른들은 밖에 나가면 큰일 난다며 꼼짝도 못 하게 했어.

　그러나 우리는 세상이 며칠 만에 그렇게 달라질 수 있다는 것을 실감하지 못했어.

　기훈이는 그날 오기로 했던 어머니가 버스를 놓쳐 못 오시게 되어 더욱 심통이 났고. 게다가 방송국마저 불에 타 TV도 안 나오는데 집 안에만 있으라고 하니 좀이 쑤셔 죽을 지경이었지.

　쌍둥이 같은 우리였으니 생각도 같았다. 집 밖에 외출할 수 있는 핑계란 것도 뻔했고.

집에서 아무것도 할 수 없어 갑갑했던 우리는 둘 다 책방에 다녀오겠다며 집을 나왔다.

문제집만 사서 금방 온다는 조건으로 간신히 허락을 받은 것도 똑같았다.

우리는 약속이라도 한 것처럼 계림동 책방으로 향했다. 기훈이는 자전거를 타고, 나는 걸어서 그곳으로 갔다.

그곳에서 만난 우리는 언제나 그랬듯이, 만화책만 한참 읽었다. 문제집은 나갈 때 사면 되니까.

아무리 난리가 났다지만 데모하는 대학생들이나 위험할 거라 생각했고, 우리는 동네 앞에 잠깐 갔다 오는 거니 괜찮을 거라고 믿었다.

내가 먼저 책방에 가 있었는데, 아니나 다를까, 좀 있으니 기훈이가 쑥 들어와서 서로 얼굴을 보며 픽, 웃었지.

우리 동네는 헌책방 거리가 있는 계림동과 가까웠거든.
우리는 틈만 나면 단골 책방에 가서 만화책이나 잡지를 읽다가 눈치가 보일 때쯤 참고서 한두 권을 골라 나오곤 했어. 너희들이 PC방 가면 친구들을 만나듯이 우리도 그곳에서 늘 마주쳤지.

그날도 다른 날처럼 딱 그렇게, 짜고 만
난 것처럼 거기서 만난 거야.

우리는 구석에 서서 만화책을 뒤적이며
소곤거렸다.

"군인들이 젊은 사람들을 다 잡아다 죽
인다고 헌다야, 이게 뭔 일이여, 도대체?"

"군인이 왜 우리나라 사람을 죽인단 말
여? 군인은 적군을 죽여야제!"

"그러게 말여, 아무래도 군인들이 미쳐
부렀는갑다."

조금 겁이 나긴 했어도 그건 우리에게
불구경처럼 흥분되는 이야기일 따름이
었지.

"그나저나 엄니가 오늘 온다 했는디, 차
를 놓쳐 부렀댄다, 화딱지 나게,"

기훈이가 투덜거렸어. 난리보다 절실한 문제는 그런 거였지.

"내 참, 니는 어째 사내자식이 맨날 엄니 타령이여?"
나는 또 놀려 댔는데 이번엔 기훈이가 지난번과 달리, "이 자식이!" 그러면서 내 머리에 꿀밤을 먹이더라고. 가뜩이나 속상한데 내가 놀려 대니 심사가 뒤틀렸던 거지.

기훈이는 문제집을 고르더니, 아버지가 빨리 오라고 하셨다며 가자고 했어.
나는 읽고 있던 만화책이 너무 재미있어서 그것만 읽고 가겠다고 혼자 먼저 가라고 했지.

기훈이가 문제집을 사 들고 책방 문을 열고 나가 막 자전거에 올라탈 때였다.

갑자기 어디선가 무장한 군인들이 나타났다.

군인들은 다짜고짜 자전거에 올라타는 기훈이를 낚아챘다.

"왜 그러세요? 저는 중학생이에요. 동신중학 3학년이에요. 왜 그러세요?"

기훈이는 떨면서도 똑똑히 외쳤다.

군인들은 그 말에는 아랑곳하지 않은 채 다짜고짜 소리쳤다.

"너, 자전거 타고 다니면서 데모꾼들 연락해 주는 거지? 너, 연락병이지?"

그렇게 몰아치더니 진압봉으로 기훈이의 머리를 내리쳤다.

"아니에요. 저는 중······."

순식간의 일이었다.

아니라고, 나는 중학생이라고 외치는 기훈이의 목소리는 끝을 맺지 못했다.

작고 야윈 기훈이의 몸은 스르르, 힘없이 미끄러져 내렸다.

나는 책방 문을 열고 나가는 기훈이를
향해 잘 가라고 손을 흔들다 유리문 너머
로 그 광경을 보고 말았어.
　군인들이 진압봉을 내리치는 순간엔 나
도 모르게 몸을 수그려 책더미 뒤로 숨었
고.

　군인들의 쩌렁쩌렁한 목소리와 와들와
들 떠는 기훈이의 목소리가 고스란히 들
려왔지.
　기훈이가 쓰러지는 모습은 너무도 조용
해서 나는 기훈이가 아니라 기훈이 옷이
미끄러져 내리는 줄로 알았어. 기훈이는
맥없이 그렇게 쓰러졌다.
　나는 온몸이 부들부들 떨려 고개조차
돌리지 못했지.

책방 아저씨조차 쳐다볼 수 없었다.

군인들이 당장 책방 문을 열고 들이닥칠 것만 같았지.

그 지옥과 나 사이엔 허름한 미닫이 유리문 한 장만 있을 뿐이었다.

무엇인가 두드려 대는 소리가 한참이나 더 들렸어.

책 더미 뒤에 웅크린 채 나는 그 소리를 듣고만 있었지.

군인들이 쓰러진 기훈이를 데리고 사라지자 책방 아저씨가 문밖으로 뛰쳐나갔다.

옆 가게 사람들도 몰려와 웅성거렸다.

나는 꼼짝도 할 수 없었다.

나는 너무 무서워서 그대로 쪼그린 채
앉아만 있었어.

숨도 쉬기 힘들었다.

나는 아무것도 믿고 싶지 않았지.

내가 방금 보고 들었지만 아무것도!

내 친구에게 무슨 일이 일어나서는 절
대 안 되었으니까.

얼마나 시간이 흘렀는지 모른다.

누군가 부모에게 알려야 한다고 뛰어가
는 소리가 들렸지.

가엾어서 어쩌냐며 울음을 터뜨린 동네
아주머니 목소리도 들려왔다.

마침내 나는 쪼그리고 있던 자리에서 일어나 문 앞으로 나갔다.

모두들 모여서 웅성거리느라 내가 나온 걸 보지 못했다.

기훈이의 자전거는 쓰러진 채 그대로 놓여 있었고,

그 옆에는 기훈이가 산 책이 비닐 봉투에 담긴 그대로 떨어져 있었다.

나는 그것을 집어 들었다.

『필승중학수학』이란 책이었다.

그래. 내가 들고 있는 이 책이 바로 그 책이다.

나는 이 책을 품에 안고 집으로 걸어갔지. 이 책이 기훈이인 것처럼.

기훈이를 만나면 줄 마음이었는지도 모른다.

그러면서도 나는 그때 기훈이가 죽었다고 느꼈다. 숨이 조금이라도 붙어 있는 사람이라면 그렇게 벗어 놓은 옷처럼 힘없이 쓰러질 수는 없다고 생각했지.

온몸이 후들후들 떨려서 걷기가 힘들었어. 나는 집까지 가까스로 걸어갔다.

그날 밤새 기훈이 아버지가 기훈이를
찾아다니셨지만 찾을 수 없었다.

다음 날은 광주로 들어오는 차를 다 막았기 때문에
기훈이 어머니는 근처 도시에서 내려 걸어서
집으로 돌아오셨다.

어머니와 아버지가 며칠 내내 돌아다니며
찾아내신 건 병원에 놓여 있는 기훈이의 시체였다.

온통 시퍼렇게 멍이 든 기훈이의 얼굴을 보는 순간
어머니는 기절하시고 말았다.

기훈이의 시체 위에는 '박기-'라는 두 글자만 적혀 있었다.

마지막 제 이름조차 다 말하지 못한 채 숨을 거둔 것이다.

기훈이는 다른 시체들과 함께 쓰레기차에 실려 망월동 묘지에 묻혔다.

나는 죽은 기훈이를 보질 못했다. 이 모든 것들은 나중에 얘기로만 들었어.

나는 겁에 질려 집 안에서 꼼짝도 하지 못했거든.

세상 사람들이 다 무서웠고, 집 밖에만 나서면 군인들이 방망이로 내리칠 것만 같았어.

기훈이가 떨어뜨리고 간 이 책을 볼 때마다 몸이 떨리고, 눈물이 쏟아졌지.

아무것도 막아 주지 못하고, 숨어 있기만 한 내 자신이 부끄러웠다.

내가 함께 나갔다면 연락병이라는 의심을 안 받았을까?

내가 같이 맞았다면 기훈이가 조금이라도 덜 맞지 않았을까?

그런 생각만이 머릿속을 맴돌았다.

결국 나는 얼마 안 남은 중학교도 다니지 못하게 되어 졸업도 못 하고 말았지.

몇 년 뒤에야 정신을 차리고 검정고시를 쳤다. 고등학교도 검정고시로 대신했고.

대학에 갈 때야 겨우 세상에 나올 수 있었어.

따지고 보면 나를 세상에 나오게 한 건 기훈이가 떨어뜨리고 간 바로 이 책, 『필승중학수학』이었다.

나는 기훈이가 보고 싶을 때마다 이 책을 들추었지.

이 책을 들여다보고 만질 때마다 수학을 좋아하고 잘했던 기훈이를 만나는 것만 같았거든. 그래서 나는 이 책 속의 모든 문제를 몇 번이고 풀었다. 나한텐 너무 어려운 책이었는데도 무조건 읽고, 풀고, 또 읽고 풀다 보니 나중엔 이 책의 모든 문제와 풀이를 다 외우게 되었지.

다른 공부는 할 수 없었다. 기훈이를 죽게 만든 그 끔찍한 인물을 위대한 지도자라고 말하는 교과서를 어떻게 들여다보겠냐?

하지만 이 책에는 오직 숫자만이 있었고, 무언가의 답을 구하라는 명령만이 있었다.

나는 생각을 하고 싶지 않았기 때문에 시키는 대로 명령만을 따랐지.

더구나 이 책은 내 친구의 숨결이 닿은, 내게는 기훈이로 여겨지는 물건이었으니까. 나는 오직 이 책에 실린 수학 문제만을 몇 번이고 풀다가 마침내 기훈이처럼 수학을 좋아하고 잘하게 되었고, 결국 이렇게 수학을 가르치는 사람이 되고 말았다.

기훈이가 그렇게 처참하게 살해당하지 않았더라면 내가 수학에 빠져드는 일은 결코 없었을 거다. 앞서 말했지만 그 전까지 나는 너희들이나 마찬가지로 공부에 흥미가 없었고, 수학이라면 더더구나 몸서리를 치는 학생이었으니까.

이것이 이 책에 얽힌 사연이다. 이 책은 기훈이가 선택했지만 내게로 전해져 내 인생을 바꾼 책이 된 거야.

아니, 왜 이렇게 다들 굳었어? 자, 다들 긴장 풀고 숨 한번 내쉬고!

그래, 편안히 들어주기 바란다.

아직 이야기가 조금 더 남았어.

그 세월 동안 나 역시 몇 년을 방 안에만 파묻혀 학교도 못 다니던 형편이었으니 기훈이네를 찾아갈 엄두도 못 내었다.

그러나 아무리 억눌러도 세상 사람들은 싸우고 또 싸웠다.

그 덕분에 '광주사태'라고 불렸던 그 일이 '광주민중항쟁' '5.18민주화운동'이 되었다.

폭도로 불리었던 사람들도 명예를 회복했다.

눈 가리고 아웅이었지만

광주 학살의 원흉인 전두환이 감옥에도 잠깐 다녀왔다.

그렇지만 거리에서, 골목에서 사람들을 때리고, 찌르고, 총을 쏴서 죽였던 수많은 군인들에 대해서는 아무것도 밝혀지지 않았지. 그들은 각자의 이름이 아닌, 계엄군이나 공수부대라고만 불리었다.

당연히 기훈이를 직접 죽인 군인들도 처벌받지 않았고.

그들은 명령을 수행했던 진압군이라는 무리 속에 묻혀 있을 뿐이었어. 누구라도 그 자리에 있었다면 명령을 수행할 수밖에 없었을 테니까. 누구나 그런 말에 고개를 끄떡였지.

나 역시 그렇게 생각했다. 그래서 명령을 내린 사람들만 증오했지, 그 익명의 군인들은 미워하지 않았다. 그날이 오기 전까지는.

바로 '그날'에 대해서만 이야기하고 내 이야기는 마치겠다.

조금만 더 귀 기울여 주기 바란다.

그 일이 있고 17년이 지난 1997년엔

망월동에 묻혀 있는 시신들을 새로 마련된
신묘역으로 옮기게 되었다.

초라한 공동묘지인 망월동 묘역에서 거창하게
꾸며 놓은 신묘역으로

기훈이의 묘도 옮기게 된 것이다.

그때는 너희도 이 세상에 태어났을 때 지? 너희들이 대부분 94년이나 95년생일 테니 막 말을 배우고 아장아장 걸어 다닐 때였겠군.

그 무렵엔 나도 세상으로 걸어 나와 사람들과도 제법 어울려 살게 되었지.

결혼도 하고, 수학을 가르치는 선생도
되어 있었을 때다.

이미 광주의 비극은 내게도 지나간 옛
일이었다. 어린 시절의 친구가 눈앞에
서 학살당하는 걸 겪었으면서도 세월이
란 그 모든 것을 지나간 일로 여기게 만
들었어.

세상으로 나온 뒤에는 기훈이 어머니도
가끔 찾아가 챙겨 드리곤 했고.

그러는 게 죽은 내 친구에 대해 내가 유
일하게 해 줄 수 있는 일이라 생각했으니
까. 기훈이 묘를 이장하는 자리에도 기훈
이 어머니를 모시고 같이 가게 되었지.

기훈이 어머니와 나는 소풍이라도 가듯
즐겁게 망월동으로 갔다. 어쨌든 좀 더
깨끗한 자리로 기훈이를 옮겨 주는 일이

없고, 그건 그 녀석의 원혼을 조금이라도 달래 주는 일이라 여겼으니까.

세월이 20년 가까이 흐른 터라 나는 까마득한 옛 친구처럼 기훈이를 떠올릴 뿐이었어. 가엾은 그 어머니를 도와드린다는 생각밖에 없었지.

기훈이 어머니는 더하셨어.

기훈이 어머니는 기훈이의 유골을 꺼내서 보는
일을 살아 있는 아들을 다시 만나는 일처럼
기대했다.

"벌써 17년인데, 우리 기훈이가 육탈이 잘
되었것제? 살점일랑 깨끗이 다 떨구고 이쁜 뼈만
남아 있어야 할 터인데……."

"그럼요, 아주 깨끗하게 육탈이 되었을 거예요.
기훈이는 이제 빈 몸으로 나비처럼 가볍게 세상을
떠났을 겁니다."

육탈이란 우리 몸의 살이 썩어 뼈에서 떨어져 나가는 걸 말한다.

살이 잘 썩어서 깨끗한 뼈만 남아 있어야 좋은 거라고 했다.

세월이 그만큼 흐른 거였지. 아들의 뼈를 보는데 오히려 설렘을 느낄 만큼.

하긴 그 어머니는 하도 많이 눈물을 흘려서 그때는 흘릴 눈물도 없을 정도였지만.

아니, 진짜 아들은 가슴에 묻어 놓았기에 이제 아들이 남기고 간 육신을 보는 일에 그만큼 태연하셨는지도 몰랐다.

드디어 관이 끌어올려지고, 관 뚜껑이 열렸다.

"앗!"

관 뚜껑을 열어젖힌 인부들 사이에서 먼저 비명이 쏟아져 나왔다.

얼른 관 속을 들여다본 어머니와 나는 너무 놀라 소리조차 내지 못했다.

머리 자리에 있어야 할 두개골이 보이지 않았다!

나일론이 많이 섞였던 탓인가,

기훈이에게 입혀 보낸 여름 교복은 썩지도 않고 그대로 있어서

기훈이는 마치 머리가 없는 사람처럼 보였다.

교복 바지 밖으로 다리뼈는 보이는데 머리뼈가 없는 것이었다.

인부 하나가 혀를 차며 말했다.

"해골이 다 부서져서 가루가 되었어야. 원체 금이 잔뜩 간 게벼."

그 말에 어머니가 풀썩 주저앉으며 통곡을 터뜨렸다.

그래, 죽일 놈들이지! 맞다!

어린 너희들 입에서도 그런 말이 나오는구나.

그 광경을 본 순간, 나는 누가 도끼로라도 내려친 듯 내 머릿속 어느 부분이 깨지는 느낌이 들었어. 모든 것은 명령 때문이었다고, 책임자는 명령을 내린 자뿐이라고, 명령대로 한 사람들이 무슨 죄가 있냐고 정리를 내렸던 나의 모든 생각은 그 순간 산산조각이 났다. 기훈이의 머리통처럼 바스라지고 말았지.

동시에 나를 휘감은 것은 의문이었다.

도대체 왜? 왜 이렇게까지 한 건가?

기훈이가 맞아 죽었다는 것은 내가 목격한 사실이다.

그러나 두개골이 다 부서지도록 맞았는지는 미처 몰랐다.

내가 그 헌책들 뒤로 숨어 숨소리조차 삼키고 있을 때 기훈이의 머리는 박살이 나도록 두들겨 맞은 거다. 박살이 난 머리뼈는 머리 가죽이 감싸고 있어서 간신히 지탱되었는데 머리 가죽이 썩어서 사라지자 금이 잔뜩 간 두개골이 부서져 나갔고, 마침내 가루가 된 거였다.

도대체 그 어린아이를 얼마나 두들겨 팼으면 해골이 가루가 되었을까?

도대체 왜?

기훈이가 성인 남자였다면 그들이 적에게 쌓인 증오를 그렇게 풀었다고도 이해할 수 있어. 그러나 기훈이는 보기에도 너무나 작은, 교복까지 입고 있던 어린 중학생이었다.

 그런 아이를 도대체 왜?

 기훈이의 마지막 말도 다시 떠올랐지.

 "왜 그러세요? 저는 중학생이에요. 동신 중학 3학년이에요. 왜 그러세요?"

나는 그 사람들을 이해할 수 없었다.

그 사람들은 대한민국의 정규 군인들이었다. 교도소에서 끌고 나온 연쇄살인범도 아니고, 정신병원에서 몰고 나온 정신병자도 아니었다. 그 사람들은 나도 갔다 온 군대, 내가 갈 수도 있었을 부대의 군인이었다고! 그 말은 그 사람들이 나랑 비슷한 흔하고 평범한 남자들이었다는 말이다.

그런데 그 사람들은 도대체 왜 그런 걸까?

나는 정말 알고 싶었어. 그걸 이해하지 못한다면 나는 같은 인간으로서 더 이상 살 수 없을 것만 같았다. 평범한 그들이 그렇게 변한 거라면 그건 내 모습일 수도 있지 않겠냐?

그때 나는, 그 오래전의 책방에서 기훈이의 죽음을 목격하던 때만큼이나 혼란에 빠졌다. 도대체 그 사람들이 왜 그랬는지 알아내야만 했어.

지난 14년 동안 나는 그 답을 찾아 헤맸다. 그러면서 나는 깨달았지.

인류가 저지르는 가장 비열하고 끔찍한 일들은
대부분 명령이라는 이름 아래 행해졌다.

명령을 내린 자는 자신의 손에 피를 묻히지 않고,

명령에 따라 움직인 자는 명령이란 방패 아래
자신의 억눌린 사악함을 다 드러낸다.

혹은 명령이란 이름 뒤로 뻔뻔스레 숨는다.

명령을 통해 그들은 공생관계가 된다.

수백만의 유대인을 가스실로 몰아넣어 죽인 것도
명령에 의해 이루어졌고,

단지 명령에 의해 스위치만을 누른 자들에게는
책임을 묻지 않았다.

수천 명의 대한민국 국민을 때리고, 찌르고, 죽인 것도 명령에 의해 이루어졌고, 단지 명령에 의해 방망이를 내리치고, 대검을 찌르고, 총을 쏜 병사들에게는 책임을 묻지 않았다.

명령이 방패가 되어 줄 때 인간은 어디까지 사악해질 수 있는 걸까?

명령을 수행했을 뿐이라는 말은 세상에 대한 면죄부는 된다.

그러나 자기 자신에 대해서는 엄연한 핑계이다.

명령을 거역하지 못했다는 것은

그 명령을 기꺼이 받아들인 것과 결과적으로 다르게 없다.

내가 궁금한 건 다른 누구도 아닌 기훈이를 죽인 바로 그 사람들의 심정이었다.

기훈이의 마지막 물음, "왜 그러세요?" 하고 떨며 묻던 그 질문의 답을 들어야 했어.

결국 내가 내린 결론은 그들을 직접 찾아낼 수밖에 없다는 거였지. 그 군인들을, 아니, 이제는 그냥 시민이 되었을 그 사람들을 찾아내서 물어봐야만 했다.

도대체 당신들은 그날 왜 그랬느냐고 말이야.

내가 학교를 떠나겠다고 결심한 것은 바로 그 이유 때문이다.

물론 이런 결론에 쉽게 다다른 건 아니다. 다른 사람들한텐 말도 안 되게 무모하고, 바보 같은 결심처럼 보일 거야. 하지만 14년 동안이나 고민한 끝에 내린 결심이니 충동적인 결정은 아니라고 말할 수 있어. 고민하고, 고민하느라 이렇게 오랜 시간이 걸린 거지.

그 일을 해내지 못하면 나는 기훈이를 볼 면목도 없지만 선생으로서 학생들을 가르칠 수도 없다는 결론에 이른 것뿐인지도 모른다.

인간에 대한 믿음이 없는 자가 어린 학생들에게 무엇을 가르칠 수 있겠냐고.

나는 남은 생을 그 일에 바칠 생각이다.

하지만 죽을 때까지 그 사람들을 못 찾아낼지도 모르지. 거리에서, 골목에서 사람들을 때리고, 찌르고, 총을 쏴서 죽였던 수많은 군인들은 지금 어디서도 찾을 수 없으니까.

그때의 사진들을 확대경을 들고 들여다 봐도 깊이 눌러쓴 군모 아래 아무것도 알아볼 수 없다. 그들은 얼굴도, 이름도 없으니까.

하지만 내가 누구냐? 나는 수학 선생이다. 모든 확률을 좁혀 나가다 보면 그들을 찾는 게 꼭 불가능한 것만은 아닐 거다.

무엇보다 그 짓을 행한 자들은 자신의 행위를 기억할 테니까. 모를 수 없으니까.

31년 전 5월, 어느 책방 앞에서 자전거

를 타던 소년을 낚아채 죽어라 두드려 팬 기억을 어찌 잊을 수 있겠냐?

총을 쏜 자는 누구를 죽였는지 모를 수 있지만 진압봉과 대검으로 누군가를 죽인 사람은 모를 수가 없다. 자신의 진압봉을 통해 전해 오던 떨림을, 자신의 대검 끝에 전해 오던 묵직함을 어떻게 모를 수 있겠냐?

내 남은 희망은 그것이다.

기훈이를 두개골이 바스라지도록 두들겨 팬 그 사람들을 찾아내서

그날, 왜 그랬냐고 물었을 때, 그들이 이렇게 대답해 주기를 바라는 것이다.

그때는 제정신이 아니었다고, 미쳐 있었다고,

그래서 제정신이 들어 자신이 한 짓을 알았을 때 너무나 괴로웠다고,

평생을 괴로워하며 살았다고.

나는 그런 대답을 기훈이에게 들려주고 싶다.

그들이 그렇게 말해 준다면 나는 기훈이를 대신해 그들을 용서해 주고 싶다.

그러나 그들이, 그건 명령을 수행한 것뿐이었다고, 자기는 잘못이 하나도 없다고 뻔뻔스레 말한다면 나는 그들을 결코 용서하지 않을 것이다.

나는 역사적인 사명감으로 이 일을 하겠다는 게 아니다.

이것은 내 친구에 대한 나의 개인적인 의리이다.

차라리 군인들에게 환각제를 탄 술을 먹였다는 당시의 유언비어가 사실이면 좋겠다고 나는 생각한다.

제정신의 인간이 그런 짓을 한 거라면 어떻게 그들과 같은 인간의 탈을 쓰고 아무렇지 않게 살아갈 수 있겠는가.

자, 얘기는 끝났다.

선생 습관이 남았으니 결론적으로 한마디만 더 하마.

나는 너희들에게 불의의 명령을 따르지 말라고는 하지 못한다.

자기 목숨이 걸려 있을 때 그걸 버리라는 요구는 아무도 할 수 없어. 아니, 목숨이 걸려 있을 때는 너희의 목숨을 우선시하라고 정정하겠다. 너희들은 내가 사랑하는 제자들이니 나는 부모의 심정으로 그렇게 말할 수밖에 없다.

하지만 죽음이 두려워 명령을 따른 거라 할지라도 최소한 자신이 한 짓만은 인정하는 인간이 되기를 바란다. 명령이라는 이름 뒤로 숨어 시치미 떼는 비루한 인간만은 되지 말자. 그것이 너희에게 전하는 나의 마지막 바람이다.

아, 어떻게 먹고살 거냐고? 으하하, 고맙다.

내가 먹고살 것까지 걱정해 주다니 너희야말로 나의 참제자구나.
걱정 마라. 나는 연금도 받고, 수학 문제집 만드는 일도 하기로 했으니 굶어 죽지는 않을 거다.
『필승중학수학』은 아닐 거야. 너희가 제목도 못 읽을 테니, 하하.

사실 지금까지 나한테 배운 걸 다 잊어도 좋아.

인수분해든 2차 방정식이든, 아니, 내가 방금 말한 거창한 부탁도 잊어도 좋다.

그러나 단 한 가지만은 기억해 주기 바란다.

박기훈

그래, 박기훈, 너희가 잘 기억하게 큰 글씨로 써 왔다. 이 친구의 이름 석 자만은 꼭 기억해 주기 바란다.

내 친구였지만 공수부대의 진압봉에 두드려 맞아 열여섯에 죽어 이제는 너희들의 친구가 되고 싶어 하는 그 녀석의 이름만은 말이다. 박기훈이라는 내 친구의 이름을 너희에게 기억시키는 것, 그게 오늘 내 수업의 목표였으니까.

자, 한번 큰 소리로 불러 볼까? 그 녀석의 이름이 뭐라고?

고맙다. 너희가 그 이름을 불러 주니 코끝이 시큰하구나.

너희가 불러 줘서 기훈이도 기뻤을 거야.

역사란 결국 한 사람의 이름을 사무치게 불러주고, 기억하는 일일 뿐일지도 모른다.

끝까지 조용히 들어주어 진심으로 고맙다. 진작 이런 태도였다면 너희들의 수학 성적은 엄청나게 좋아졌을 텐데 말이야.

졸업을 축하한다. 다들 멋진 어른으로 자라기를 바란다.

기훈이도 살아 있었다면 멋진 어른이 되었을 것이다.

오늘 수업은 여기까지다. 이상.

5.18광주민주화운동 해설

5.18광주민주화운동(5.18민주화운동, 광주
민중항쟁)은 1980년 5월 18일부터 5월 28일
까지 광주를 중심으로 신군부 세력의 퇴진과
계엄령 철폐, 조속한 민주 정부 수립 등을
요구하며 전개한 민주화 운동이다.

1979년 10월 26일, 박정희 대통령이 김재
규 중앙정보부장의 총에 맞아 사망했다. 18
년간 이어져 온 유신독재체제가 막을 내린
순간이었다. 이제 국민들은 대통령을 직접

선출하기를 원했고 여야 정치인들도 개헌을 통한 대통령 직선제 마련에 합의했다. 모든 것이 불확실하고 혼란스러웠지만 민주주의에 대한 열망으로 가득하던 시기였다. 문제는 같은 시기 12.12 군사반란을 일으킨 전두환과 하나회 중심의 신군부가 장기집권을 꾀하고 있었다는 점이다. 신군부가 국내 정보기관과 언론을 장악하고 정치 관여 의도를 노골적으로 드러내는 동안 이듬해 봄이 되었다. 3월 개강과 동시에 학원 민주화를 외치며 일어난 대학생 시위는 5월에 이르러 전국적인 규모로 커졌다. 5월 15일 서울역 인근에는 10만여 명의 학생과 시민들이 모여 '계엄철폐'를 요구했는데 금방이라도 공수부대가 투입된다는 소문이 돌면서 긴장이 고조되기도 하였다. 유혈사태를 우려한 지도부가 해산을 결정한 뒤, 5월 17일 0시를 기해 비상계엄이 전국으로 확대되었다. 곧바로 국회가 봉쇄되었으며, 김대중을 비롯한 정치인들이 연행되고 학생과 교수, 재야인사 2,600여 명이 체포되었다. 이로써 약하게나마 민주화의 희망이 존재했던 '서울의 봄'이 끝났다.

5월 18일, 광주에서는 정치활동 금지, 휴교, 언론 보도검열 강화 등을 포함한 계엄 포고령 10호에도 불구하고 전남대학교 학생들이 전두환 퇴진과 비상계엄 해제, 김대중 석방 등의 구호를 외치며 시위를 이어 갔다. 이들의 시위는 전국 규모로 민중항쟁이 일어난다면 제아무리 군권을 장악한 전두환과 신군부라고 해도 어쩔 수 없으리라는 기대와 민주화에 대한 강렬한 열망으로 일어난 것이었다. 그러나 신군부는 진작부터 진압병력 투입과 강경진압을 기획하고 있는 상태였다. 당일 16시, 광주 시내에 공수부대가 투입되어 대학생뿐 아니라 시위에 참여하지 않은 무고한 시민들까지 무차별 폭행하기 시작했다. 스스로 변호할 수 없는 청각장애인 김경철 씨가 군인들에게 맞아 목숨을 잃은 것도 이때였다. 계엄군에게 희생된 최초 사망자였다. 광주 시민들은 군인이 민간인에게 폭력을 휘두르는 사태에 충격을 받고 분노했으며, 곧바로 다음 날부터 10대 청소년부터 중장년층까지 거리로 쏟아져 나와 시위에 동참했다. 20일에는 시위대가 20만 명 이상으로 불어났고, 이들 시위를 '불순분자와 폭도들의 난동'으로 보도한 광주 MBC가 불에 탔다.

계엄군의 강경진압은 시간이 갈수록 더해져 20일 24시 광주역 앞에서 최초의 발포가 일어났다. 21일 13시경에는 옛 전남도청을 장악하고 있던 계엄군이 애국가가 울려퍼지는 동시에 금남로를 가득 메운 시위대를 향해 집단발포를 시작했다. 공수부대원들이 전일빌딩 등 높은 건물에 올라가 조준사격을 함으로써 수많은 사상자가 발생했다. 이날 광주 시내 병원에는 끝도 없이 사상자들이 몰려들었고, 헌혈을 하러 나온 시민들이 줄을 서 있다가 헬기에서 쏜 총을 맞기도 하였다. 당일 오후부터 광주 시민들은 계엄군에 맞서기 위해 시민군을 조직하고 전라남도 나주, 화순 등지로 나가 경찰서와 파출소의 무기고를 열어 무장에 나섰다. 격렬한 저항에 의해 계엄군이 광주 외곽으로 물러나자

마침내 시민군이 전남도청을 점령할 수 있었
다. 이날, 계엄사령관 이희성은 담화문을 통
해 광주 지역의 시위를 폭도들이 일으킨 '광
주 사태'로 명명해 다른 지역들로부터 고립
시켰으며 전국 각지에는 광주와 관련한 온갖
유언비어가 확산되었다. 그러나 주남마을 미
니버스 총격 사건, 송암동 학살 사건을 비롯
한 끔찍한 살상 행위를 저지른 것은 계엄군
이었다.

22일 이후 광주는 계엄군에게 봉쇄된 채
철저히 고립되었다. 광주 시내에서는 시민
군이 치안과 방위를 담당하였는데 자체적으
로 무기를 회수하였고, 대표를 뽑아 계엄군
과 협상에 나서는 한편 아침부터 저녁까지
시민들의 평화시위가 계속되었다. 광주 시
민들은 애국가를 부르고 "김일성은 오판 말

라!"는 구호를 외치기도 하였다. 27일까지 이어진 시민 자치 기간 동안 광주에서는 단 한 건의 약탈이나 큰 사건사고도 없었고, 부상자를 위한 헌혈 행렬이 이어지는 등 높은 시민정신이 발휘되었다. 전남도청의 공무원이 정상출근을 해 부상자 처리 등 행정업무를 보기도 했다. 일종의 재난 유토피아가 펼쳐진 이 기간을 훗날 '해방광주' '광주해방구'라고 부른다.

그러나 5월 27일 새벽 2시 25,000명의 계엄군이 광주 시내 진입을 시작하였고 광주 시내에는 "계엄군이 쳐들어옵니다. 시민 여러분, 우리를 도와주십시오."라는 가두 방송이 울려퍼졌다. 새벽 4시경, 계엄군이 전남도청을 향해 일제 사격을 시작했다. 무려 1만여 발의 총알이 발사되었으며 이로 인해

끝까지 저항하던 시민군 다수가 목숨을 잃었다. 도청에 남아 있던 시민군들은 자진투항파와 결사항쟁파로 나뉘어 끝내 의견 일치를 보지 못하다가 날이 밝자 들이닥친 계엄군에 의해 체포, 연행되었다. 이로써 열흘간의 항쟁이 막을 내렸다. 5.18광주민주화운동으로 목숨을 잃거나 다친 사람은 사망자 163명, 행방불명 166명, 부상 뒤 사망한 사람 101명, 부상자 3,139명, 구속 및 구금 등 기타 피해자 1,589명, 연고가 확인되지 않아 묘비명도 없이 묻힌 희생자 5명 등 총 5,189명이다. 민간인 사망자 가운데 14세 이하 어린이는 8명에 달한다.

광주민주화운동은 이후 1980년대 민주화 운동에 핵심적인 영향을 미쳤다. 신군부의 반민주성과 야만성을 전세계에 폭로함으로써 군사독재체제의 입지를 약화시켰으며, 민주주의를 향한 시민과 민중의 의지와 저항 정신을 보여 줌으로써 1987년 6월 항쟁의 중요한 기폭제가 되었던 것이다. 『소년이 온다』에서 광주민주화운동을 이야기한 노벨문학상 수상 작가 한강은 광주가 "인간의 잔혹성과 존엄함이 극한의 형태로 동시에 존재했던 시공간"이라며 시간과 공간을 건너 계속해서 우리에게 되돌아오는 현재형이라고 말하기도 하였다. 실제로 2024년 12.3 내란 당시 군인들을 막기 위해 국회로 몰려간 시민들 중 다수는 광주의 교훈을 잊지 않은 이들이었다. 1995년 5.18특별법이 제정되었으며, 2011년 유네스코에서 5.18 기록물을 세계기록유산으로 등재하였다. 유네스코는 광주민주화운동이 필리핀, 타이, 중국, 베트남 등 아시아의 여러 민주화운동에도 영향을 끼쳤다고 평가한다. 그러나 아직까지도 최초 발포를 명령한 자가 누구인지, 암매장이 얼마나 이루어졌으며 장소는 어디인지 등 밝혀지지 않은 내용이 많다.

'광주 연작'에 부치는 글

*

  '5.18광주민주화운동'에서 희생된 청소년들에 대해 이렇게 연작소설로 계속 쓰게 된 계기는 2011년 5월로 거슬러 올라갑니다.

  그때 저는 서울 연희동에 있는 '연희문학창작촌'에 머무르고 있었습니다. 그곳은 서울문화재단에서 운영하는 문화예술공간으로 작가들의 창작 공간이기도 합니다. 그런데 연희문학창작촌은 5.18의 장본인인 전두환의 집과 붙어 있습니다. 바로 옆집입니다.

원래 전두환 경호를 위한 공간이었던 그곳
이 민주화가 되면서 시사편찬위원회로 사용
되다가 작가들의 집필 공간으로 바뀌었기 때
문입니다.

 그런 사실을 알고 들어갔으면서도 기분이
이상했습니다. 창을 열 때마다 경호원들이
묵는 건물이 보였는데 그 너머 전두환이 살
고 있다고 생각하면 기이한 느낌마저 들었습
니다. 그로부터 10년 뒤에 그는 세상을 떠났
지만 그때만 해도 팔팔하게 노익장을 과시하
던 때였으니 그런 느낌은 더했습니다. 그 잔
인한 학살을 일으킨 사람이 저기서 아무 일
도 없었던 듯 잘만 살고 있고, 저는 그걸 옆
집에서 바라보고 있다는 사실이 가상 현실처
럼 실감 나지 않았습니다. 그 뒤로도 몇 번
더 그곳에 입주했지만 처음 그곳에 들어갔을

때의 그 비현실적이던 느낌만은 결코 잊혀지지 않습니다.

80년대를 보낸 많은 사람들이 그러했듯 저에게 5.18은 인생을 뒤흔든 일이었고, 작가가 된 뒤로는 마음속의 무거운 숙제처럼 품고 있는 일이기도 했습니다.

제가 스무 살 때 5.18이 일어났습니다. 저는 서울에서 대학을 다니고 있었지요. 박정희가 시해된 후 세상은 격동을 겪고 있었습니다. 부분적인 계엄령이 내려져 있었지만 그동안의 압제에서 풀려난 국민들은 여기저기서 억눌린 요구들을 내세우기 시작했고, 전두환의 세력을 알아챈 학생들은 계엄 해제와 전두환 체포를 요구하는 시위를 날마다 하고 있었지요. 나중에 '서울의 봄'이라고 불리는 역동적인 시기였습니다.

저는 박정희가 '유신헌법을 휘두르는 비민주적 독재자'라는 정도의 상식만을 지니고 있던 평범한 대학생이었지만 그때는 저 같은 사람들도 가만히 있을 수 없는 시국이었습니다. 그런 까닭에 5월 15일 서울역 집회에는 서울의 거의 모든 대학들이 참여했습니다. 이문동에 있던 외국어대학에서 서울역까지 걸어서 행진을 했던 기억이 떠오릅니다. 평소의 비장한 시위 모습과는 달리 하이힐에 짧은 치마를 입은 여학생들까지 함께 걸어가는 활기찬 분위기였지요. 길가의 시민들도 학생들의 대열에 박수를 쳐 주었고, 우리들의 패기는 하늘을 찔렀습니다.

서울역에 도착했을 때는 어마어마한 인파를 보며 벅찬 감동을 느꼈습니다. 하지만 곧 최루탄이 쏟아지고, 우리는 쫓겨 가며 근처의 건물에 숨었다가 다시 모이는 일을 되풀이했습니다. 그러다 훗날 '서울역 회군'으로 불리는 학생 지도부의 해산 결정으로 학생들은 흩어졌고, 이틀 뒤인 5월 17일 밤 전두환은 계엄을 확대하고, 정치지도자들과 학생운동의 지도자들을 다 잡아 가두었습니다. 학교 앞에는 장갑차와 무장한 군인들이 나타났지요. 이런 경우에 대비하여 학생들은 각각의 대학 정문 앞에서 모이기로 했지만 그 약속은 지켜지지 못했습니다. 오직 광주의 전남대 학생들만이 약속을 지켜 5월 18일 아침에 학교 앞으로 모였습니다. 그 평화로운 시위를 계엄군들은 무자비하게 진압했으며, 시위와 상관없는 시민들까지 폭행했습니다. 그렇게 5.18이 시작되었습니다.

방송에서는 연일 광주에 간첩이 들어와 난동을 피운다며 광주 시민들을 폭도로 몰았습니다. 뉴스에서 그렇게 나오니 다른 지역 사람들은 대부분 그렇게 믿었지요. 우리가 얼마 전 계엄을 겪었을 때는 순식간에 그 사실이 알려지고 퍼져서 결국 6시간 만에 그것을 막아 내지 않았습니까? 그때는 전혀 다른 상황이었습니다.

  다행히 저는 광주가 고향인 친구들을 통해 방송과는 다른 사실들을 먼저 알 수 있었습니다. 친구들의 하숙집으로 걸려 온 부모님의 전화 내용은, 광주에 난리가 났고, 군인들이 사람을 다 죽이고 있으니 절대로 내려오지 말란 얘기였습니다. 며칠 뒤 광주는 모든 길이 막히고, 시외전화조차 끊기고 말아 친구들은 식구들을 걱정하며 발만 동동 굴렀습니다.

무시무시한 일이었습니다. 나중에 위험을 무릅쓰고 비밀리에 돌려 보던 광주 비디오를 통해 그 살상과 만행의 현장을 눈으로 봤을 때는 온몸이 떨릴 만큼 큰 충격을 받았지요.

결국 광주의 학살에 대한 분노와 죄책감으로 저는 제 인생을 틀게 됩니다. 이 사회와 정치에 대한 공부를 시작했고, 민주화를 위해 조금이라도 힘을 보태며 살기로 결심하여 그전까지 품고 있던 꿈을 다 버렸습니다. 거창하게 그런 결심을 했지만 그 뒤 달라진 삶으로도 평범한 제가 해낸 일은 지극히 미미합니다. 그럼에도 바로 저 같은 사람들이 셀 수 없이 많았다는 점이 중요했습니다. 머릿수라도 하나 보태겠다는 뜻을 가진 사람들의 작은 힘들이 모여 기어코 우리는 역사를 바꿔 냈으니까요.

이렇듯 저에게 큰 영향을 주었던 5.18이기에 훗날 돌고 돌아 글 쓰는 사람이 된 이후로도 '광주'는 제 마음 깊숙한 곳에서 떠나지 않았습니다. 언젠가는 써야 할 이야기라고 생각했지만 그것은 감히 오를 생각조차 못 할 거대한 산맥이기도 했습니다. 함부로 써서는 안 되는 얘기인 데다 제대로 잘 쓰지 않으면 안 된다는 두려움으로 멀리 밀어 놓고만 있었지요.

그런데 '광주민주화운동'이 일어난지 31년이 지난 2011년에, 그것도 5월에, 바로 전두환이 사는 집 옆에 제가 머물게 된 것입니다. 지금 내가 이 자리에서 이런 일을 겪는 의미는 무엇일까, 하는 생각이 내내 저를 사로잡았습니다. 마침 5월이라 여러 가지 5.18 기념행사들이 열려서 참가도 하고, 가까운 극장에 가서 '5월愛'라는 다큐를 보기도 했습니다. 그리고 돌아와 옆집을 바라보며 그 안에 사는 사람을 떠올리면 머리가 어지러웠습니다.

그러다 우연히 신문 귀퉁이에 조그맣게 실린 책 소개 기사를 보게 되었습니다. '5.18기념재단'에서 5.18 희생자 유족들을 인터뷰하여 그때 죽어 간 사람들의 사연을 모아 출간한 『그해 오월 나는 살고 싶었다』*라는 책에 대한 기사였습니다. 저는 그 책을 당장 주문했습니다. 언제 쓰게 될지는 몰라도 지금 여기서, 이 책이라도 사 두어야겠다고 생각했

---

* 5.18민주유공자유족회 구술/5.18기념재단 엮음, 『그해 오월 나는 살고 싶었다─죽음으로 쓴 5.18민중항쟁 증언록』, 한얼미디어, 2006

지요. 그렇게 숙제처럼 그 시간에 대한 의미를 가슴에 품은 채 그 책을 받아 안고 그곳을 나왔습니다.

그런 뒤 두어 달 후인 그해 10월에 저는 청소년소설 앤솔로지 책에 참여해 달라는 청탁을 받게 되는데 놀랍게도 출판사에서 제안한 주제 중에 5.18이 있었습니다. 그때까지 선택사항 중의 하나로도 5.18 청탁은 받아 본 적이 없었기에 저에게는 그 시점의 그 청탁이 놀라웠습니다. 다른 때 같았으면, 이건 아직 내가 못 쓰는 이야기라고 가장 먼저 제쳐 놓았을 텐데, 그런 시간을 겪은 뒤라 그 일이 우연처럼 여겨지지 않았지요. 저는 쓸 자신이 전혀 없었는데도 그 주제를 택하지 않을 수 없었습니다.

일단 청소년 희생자의 이야기를 써야겠다고 정하고, 그제야 창작촌에서 안고 나온 책을 열었습니다. 그렇게 어린 희생자들의 사연 하나하나를 읽어 나가다 보니, 다시금 분노와 슬픔이 치밀어 견디기가 힘들었습니다. 이미 30여 년 전의 이야기라 그때의 감정들이 거의 희미해졌다고 여겼는데 다시금 몸서리가 쳐지도록 분노가 치밀고, 뼈가 시리도록 슬펐습니다. 어떻게 이랬을까, 어떻게 세뇌당했기에 이렇게 잔인할 수 있었을까, 특히나 어린 친구들의 이야기를 읽다 보니 더욱 그러한 분노와 의문이 치솟았지요. 그럼에도 '제대로 잘 써야 한다'는 막중한 부담감으로 글이 나가지 않았습니다. 왜 쓰겠다고 했던가, 얼마나 후회했는지 모릅니다. '어린 나이에 억울하게 죽음을 당한 이의 이름 한

번 더 불러 볼 수 있는 글이면 된다'고 생각
을 바꾸고서야 글이 나가기 시작했습니다.

　그렇게 저는 박기현 군의 이야기를 담은,
이 시리즈의 첫 소설인 「명령」을 썼고, 언젠
가 다른 어린 친구들의 죽음에 대해서도 한
편 한 편 호명하듯이 연작소설로 써야겠다고
마음먹게 되었습니다. 그러나 그 후 십여 년
의 세월이 흐를 동안 저는 그 뒤를 잇는 다
른 희생자에 대한 소설을 쓰지 못했습니다.
감정이란 건 시간이 지나면 희미해져서 치
떨리던 분노와 슬픔도 다시 바래져 갔습니
다. 연작소설이라니, 이렇게 나이 많은 내가
언제 그런 걸 써내겠나, 하는 생각으로 거의
포기에 이르렀지요. 그러다 최근에야 한 번
에 다 쓰지는 못하더라도 한 편씩 찬찬히 써
서 책을 내야겠다고 결심하게 된 것입니다.

앞으로 써 나갈 이 연작 소설의 이야기들은 모두 실제로 희생된 인물의 사연에서 시작합니다. 저는 그분들을 조금이라도 살려 내고, 그분들의 넋을 조금이라도 위로해 드리고 싶습니다. 그럼에도 저는 오직 『그해 오월 나는 살고 싶었다』에 실린 인터뷰만을 참조할 뿐 그분들에 대해 더 알아보진 않을 것입니다. 5.18에 대한 자료는 최대한 찾아보고 조사하겠지만 그분들의 개인적 삶에 대해서는 다른 어떤 취재도 하지 않았고, 하지 않을 것입니다. 제가 정말로 그분들을 제대로 살려 내고 싶다면 유족들도 찾아보고, 더 많은 조사를 해야 할 텐데 저는 그렇게 하지 않는 것입니다. 그것은 이 글들이, 실제로 존재했던 한 분 한 분의 삶과 죽음에서 모티프를 가져오기는 하지만 그 한 분만의 이야기가 아니기를 바라기 때문입니다. 그 자리에 있었다면 누구든 당할 수 있는 일일 테니까요. 또한 글 속에서는 자유롭게 인물의 삶을 그려 내고 싶기 때문입니다.

그러니까 이 연작소설은 모두 실존 인물을 모델로 하고, 특히 죽음을 당할 때의 모습은 밝혀진 경우 가능한 사실에 맞추겠지만 인터뷰에 나온 사실 외의 모든 삶의 과정과 인물들은 전부 제 상상에서 나온 허구가 될 것입니다. 그러니 실존 인물과 허구의 인물을 동일시하여 생기는 오해가 없기를 바랍니다. 실존 인물의 이름에서 한 글자씩만을 바꿔서 주인공의 이름으로 삼은 것이야말로 저의 그런 의도를 보여 주는 상징일 것입니다.

또한 저는 광주를 먼 옛날의 이야기처럼 생

각하는 지금의 청소년들에게 그 끔찍한 역사를 다시금 알려 주고도 싶었습니다. 절대로 잊어서는 안 되는 이야기니까요.

이제 바로 눈앞에서 다시 '계엄'을 겪었으니 이 일이 더 이상 옛날이야기도 아니게 되었지만 말입니다. 저도 제 평생 다시 계엄을 겪으리라곤 꿈에도 생각하지 못했습니다. 그럼에도 그동안 첫 소설인 '명령'으로 북 콘서트를 할 때마다 저는 '5.18 같은 일이 우리 역사에 다시 일어날 수 있을까?'란 질문에 매번 '우리가 이 일을 잊는다면 그럴 수 있다'고 대답해 왔습니다.

우리는 잊지 않았기에 '계엄'은 일어났어도 제2의 5.18은 막을 수 있었습니다. 이 연작소설이 우리의 기억을 계속 환기시키는 데 조금이라도 도움이 되기를 바랍니다.

이 '광주 연작 시리즈'에서 저는 광주에서 죽임을 당한 청소년들을 한 사람도 빼지 않고 그려 내고 싶었습니다만 고등학생까지 세어 보니 너무 많은 어린 친구들이 목숨을 잃어 제 능력상 그렇게 할 수는 없다는 걸 알았습니다. 그 점은 참으로 아쉽습니다. 앞으로의 일이니 장담은 못해도 7,8편의 이야기를 담게 될 듯싶습니다.

이 시리즈를 써 가게 된 모든 과정에 감사를 드립니다. 특히『그해 오월 나는 살고 싶었다』를 만들어 주신 분들께 감사드립니다. 책 속 인터뷰에 응해 주신 분들, 인터뷰하고 글로 정리해 주신 모든 분들께요. 이 책이 없었다면 이 소설들은 쓸 생각도 못 했을 것입니다.

맨 처음 저에게 5.18 소설을 청탁해 주시고, 책을 내 주신 북멘토출판사와 그때의 식구분들께도 감사를 드립니다. 그 뒤 제 소설집에 그 글을 담아 주시고, 다시 연작소설 제안을 흔쾌히 받아들여 주신 바람의아이들의 모든 식구분들께도 감사를 드립니다. 이 연작소설의 계기를 만들어 주신 연희문학창작촌과 이 이야기를 집필할 공간을 제공해 주신 토지문화관에도 깊은 감사를 드립니다.

마지막으로, 앞에서 소설 속의 인물들은 실존 인물이 아니라고 누누이 강조했으면서도 저는 다시금 사연의 주인공들을 한 분 한 분 호명하며 소개하고 싶습니다. 그래서 그분들에 대해 매번 '작가의 말'에서 세세한 인적

사항을 밝힐 것입니다. 글을 읽는 분들이 허구에서 사실로 돌아와 원래의 실존 인물을 기억하고 그 이름을 불러 주고, 기억해 주기를 바라기 때문입니다.

인적 사항은 모두 『그해 오월 나는 살고 싶었다』에서 옮겨 온 것임을 아울러 밝힙니다. 묘지 번호까지 붙이니 혹여 '국립5.18민주묘지'에 가실 일이 있다면 들러서 인사라도 나눠 주시기를 부탁드립니다. 여러분들과 비슷한 나이에 삶이 멈춰진 어린 친구들입니다. 또래인 여러분을 만나면 얼마나 반가워할지 눈에 선합니다. 어쩌면 이것이야말로 제가 이 시리즈를 시작하는 가장 간절한 이유인지도 모르겠습니다.

2025년 4월 5일

계엄령을 내린 대통령이 파면된 다음 날에

이경혜

작가의 말

*

1980년 5월, 이 나라에서 있었던 비극은 아무리 돌이켜 보아도 뼈가 시립니다. 벌써 45년의 세월이 흘렀음에도 씻어 낼 수 없을 만큼 그것은 엄청난 비극이었고, 사악한 어른들 때문에 죽어 간 어린 친구들도 너무 많았습니다.

십여 년 전, '5.18광주민주화운동'에서 희생된 청소년 이야기를 처음 썼을 때 제가 박기현 군의 사례를 선택한 것은 박군의 묘지

번호가 그 어린 친구들 중 가장 앞쪽에 있었던 까닭도 컸지만(그만큼 어린 친구들의 죽음은 어느 경우나 더하고 덜할 것 없이 쓰라리고 참혹했습니다) 이상하게도 그의 사연이 가슴에 콱 박혀 왔기 때문이기도 했습니다.

이 글 속에서 이름 한 글자가 바뀐 채 나오는 박기훈 학생의 모델이 바로 박기현 군입니다. 이 글은 물론 허구의 소설입니다만 박기현 군의 일화에서 따온 부분이 적지 않습니다. 가족 사항과 수학여행 전 어머니를 불러 함께 잔 일, 시신을 찾아냈을 때 '박기-'라고만 씌어진 이름표가 있었다는 점, 집 안에서 갑갑해하다가 자전거를 타고 책방으로 갔던 일과 이장할 때 머리뼈가 부서져 없는 걸 보게 된 일 등이 모두 그러하며, 특히 책방 앞에서 구타를 당하다 쓰러지는 장면은『

그해 오월 나는 살고 싶었다』에서 거의 그대로 가져왔습니다. 그 외의 부분과 세세한 장면 설정, 특히 수학 선생님이 된 친구의 얘기는 완전한 허구입니다.

이 소설은 광주 연작의 첫 소설이라 앞에 쓴 〈'광주 연작'에 부치는 글〉에다 글을 쓰게 되기까지의 모든 과정을 다 썼습니다. 여기서는 그 뒤의 이야기를 조금 덧붙이겠습니다.

그동안 이 작품은 여러 차례 북콘서트의 형태로 청소년들을 만났습니다. 북콘서트에는 낭독극 순서가 있는데, 이 글은 선생님 혼자의 1인극에 적합하지만 학생들도 단역으로 출연하여 함께 극을 만들었습니다. 학생들은 눈물을 흘리기도 하고, 광주에 대해 분노하기도 하였습니다. 그럴 때면 저는 박기현 군이 그 자리에 와 있는 느낌을 받곤 했지요. 그랬으면서도 저는 박기현 군이 지금 새로운 국립묘지에 묻혀 있다는 생각을 하지 못해서 오랫동안 그의 묘소에 가 볼 생각조차 하지 않았습니다.

그런데 어느 날, 낭독극에서 선생님 연기를 하셨던 배우가 박기현 군의 묘지에 다녀왔다면서 사진을 보내 주셨습니다. 저는 정말로 놀랐습니다. 맞아, 박기현 군은 실존 인물이고, 5.18 신묘역에 이장되었다고 소설에도 썼으면서 나는 왜 가 볼 생각을 못 했을까, 어이가 없었습니다. 예전의 망월동 묘지에는 가 보았지만 새로운 국립묘지에는 못 가 본 데다 박기현 군이 거기 묻혀 있다는 실감을 아예 못 하고 있었던 것입니다. 그런 계기로 꼭 가야겠다고 생각해 놓고도 또 사는 일에 치여 밀려다니고만 있었습니다.

그러다 지난 2024년에 저는 광주에 수없이 갈 일이 생겼습니다. 전남도서관에서 뽑은 '올해의 책'에 저의 동화책이 뽑혀서 전라남도의 숱한 초등학교들을 다니게 된 것입니다. 운전을 못 하는 저는 매번 대중교통을 이용해야 했는데 전라남도를 대중교통으로 다니는 일이 얼마나 힘든지 처음 알게 되었습니다. 차를 운전해서 가면 금방 갈 곳을 직행버스조차 없어서 큰 도시인 광주까지 가서 다시 갈아타야만 하는 일이 너무 많았습니다. 어쩔 수 없이 계속 광주를 드나들면서 저는 제가 5.18 연작소설을 계속 미루고 있다는 사실을 새삼 떠올렸지요.

그러던 어느 날, 그날도 버스를 갈아타기

위해 광주터미널로 가고 있는데 문득 차창 밖을 보니 공중에 커다랗게 '동신중학교'란 글씨가 보였습니다. 공중에 글씨가 있을 린 없었고, 그것은 높은 학교 건물 꼭대기에 동신중학교란 큰 글씨가 붙어 있었던 것이었지요. 동신중학교는 바로 박기현 군이 다니던 학교였습니다. 동신중학교가 실제 학교라는 걸 잘 알고 있었으면서도 눈앞에서 그 글자들을 보니 놀랍기만 했습니다. 아직도 내가 묘지에 못 가 보고 있었구나, 하는 깨달음이 다시 왔습니다. 얼마 지나지 않아 저는 다시 광주로 가서 동신중학교 앞에도 가 보고, 마침내 국립5.18민주묘지도 처음으로 찾아갔습니다.

하얀 꽃 한 다발을 들고 찾았을 때는 마침

5월이었지만 하순쯤이라 5.18 무렵처럼 사람이 많지는 않았습니다. 저는 일일이 묘지 번호를 확인하며 박기현 군의 묘지 앞에 섰습니다. 너무 늦게 찾아왔다는 마음이 크게 들었습니다. 비석 옆에는 책에서 봤던 사진도 놓여 있었습니다. 검은 안경을 끼고 있는 앳된 학생이었지요. 저는 마음으로 그간에 쌓인 얘기도 하고, 다음 이야기도 이제는 쓰겠다고 도와달라고 부탁도 했던 것 같습니다.

저는 다른 묘비들도 하나씩 살펴보려고 윗줄로 올라갔습니다. 그때 제가 방금 지나친 곳으로 사람들이 줄지어 들어왔고, 앞에 서 계신 분이 설명도 하시고 있었습니다. 저는 박기현 군에 대한 얘기를 들을 수 있을까 해서 윗줄에서 가만히 서 있었지요. 그런데 인

솔하던 분이 정말로 박기현 군 묘지 앞에 서
시더니, 기현이가 내 짝이었어요, 하시는 거
였어요. 그 순간 가슴이 철렁 내려앉았습니
다. 다른 어떤 말씀도 더 이상 귀에 들어오
지 않았습니다. 심장이 걷잡을 수 없이 뛰었
습니다. 제가 소설로 쓴 박기현 군의 중학교
시절 짝이 내 눈앞에 있다니 제가 얼마나 흥
분했겠어요?

그분이 잠시 휴식을 취하실 때에야 곁으로
가서 박기현 군의 이야기를 쓴 사람이라고
인사를 드렸지요. 그분은 반갑게 대해 주셨
습니다. 저는 완전히 흥분한 상태가 되어 그
분께, 이장할 때도 같이 가셨지요, 하고 묻고
말았습니다. 그분은 그때는 같이 가지 못했
다고 하셨습니다.

그분과 헤어진 뒤에야 제가 얼마나 정신이

없었는지를 비로소 깨달았지요. 그 순간 저의 머릿속에선 현실과 허구가 마구 뒤섞여서 그만 그분을 제 소설의 선생님, 박기훈의 친구로 나오는 수학 선생님으로 착각하고 말았던 것입니다. 그 수학 선생님은 제가 만들어 낸 인물인데 말입니다. 수학 선생님이시죠, 하고 의기양양하게 묻지 않은 게 천만다행이었습니다.

이 이야기는 분명 박기현 군의 이야기에서 시작되었지만 결코 실존 인물 박기현의 이야기가 아닌 허구의 인물 박기훈의 이야기인 것입니다. 그 점, 바보 같은 저처럼 혼동을 일으키지 말아 주시기를 다시금 부탁드립니다.

비록 그러한 실수는 있었지만 박기현 군의 무덤을 찾아간 날, 바로 중학 시절 짝을 만

났다는 우연은 아무리 생각해도 신기했습니다. 저는 그것을 광주 이야기의 다음 편을 얼른 쓰라는 나무람으로 받아들였습니다. 저야 착각을 밥 먹듯이 하는 사람이니 이런 식으로 생각하는 것도 큰 잘못은 아니겠지요? 그래서 한 번에 다 쓰지는 못하더라도 한 편씩 찬찬히 써서 얇은 책으로라도 내야겠다고 결심하게 된 것입니다.

사실 「명령」을 쓴 사람으로서 지난 세월에 있었던 일 중에 가장 놀라운 일은 5.18 때 공수부대원으로 진압에 참가했던 이들의 양심선언과 전두환의 손자가 사과를 한 일일 것입니다. 그 일들을 바라보며 여러 가지 생각이 들었습니다. 기다렸던 일이었기에 반가웠으면서도 새삼스레 5.18의 아픔을 다시 반추

하게도 되었지요.

이미 단편으로 한번 썼던 작품이라 이렇게 책으로 내면서도 크게 고치지는 않았습니다. 당시에는 제한된 분량이 있어 압축해야만 했던 부분들을 조금 느슨하게 늘렸고, 분량의 여유가 생기면서 그때는 넣지 못했던 이야기들도 덧붙였을 뿐입니다. 그래서 우등생 금배지를 놓치지 않고 탔던 박기현 군, 식구들 선물을 챙기던 박기현 군의 이야기가 새로 들어갔습니다.

제 평생 다시 계엄을 겪으리라곤 꿈에도 생각하지 않았는데, 계엄령이 떨어지는 걸 다시 보았기에 계엄에 대한 부분도 좀 더 강조했습니다. 광주의 기억이 있기 때문에 우리 국민들은 그것을 그만큼이라도 빨리 물리칠 수 있었을 것입니다.

 박기현 군의 인적사항은 다음과 같습니다.

 이름 박기현
 묘지번호 1-08
 생년월일 1966년 2월 8일
 직업 중학생(동신중학교 3학년)
 사망일자 1980년 5월 20일
 사망장소 계림극장 동문다리 부근
 사망원인 뇌좌상, 두부, 배흉부, 우완상부
다발성 타박상

 지금 쓰는 작가의 말은 소설이 아니니, 여러분에게 새로이 부탁드립니다. 박기훈이 아닌, 박기현이란 이름 석 자를 사무치게 기억

해 주십시오. 열여섯도 아닌, 열다섯에 죽은
기현이는 여러분과 친구가 되고 싶어 그렇게
저한테 와 콱 박혔던 것인지도 모르니까요.

2025년 4월 8일
이경혜

명령

초판 1쇄 발행 | 2025년 5월 18일

지은이 | 이경혜

펴낸이 | 최윤정

만든이 | 김민령 안의진 유수진

펴낸곳 | 바람의아이들

등록 | 2003년 7월 11일 (제312-2003-38호)

주소 | 03035 서울특별시 종로구 필운대로 116 (신교동) 5층

전화 | (02) 3142-0495   팩스 | (02) 3142-0494

이메일 | barambooks@daum.net

인스타그램 | @baramkids.kr

트위터 | @baramkids

제조국 | 한국

www.barambooks.net